カメラは光ることをやめて触った

喫煙する顔たち

見てくれにこだわるひとの有り金が花びらに変えられて匂うの

きみが下着でこれるところに最高の物あつめればふたたびの夏至

カメラは光ることをやめて触った

我妻俊樹

書肆侃侃房

カメラは光ることをやめて触った＊もくじ

カメラは光ることをやめて触った

足の踏み場、象の墓場

コーヒーが暗さをバナナがあかるさを代表するいつかの食卓で

古い音楽祭の舞台でかかえてる緋の花いやだよ水に浮くのは

ぼくたちは舌でアイスを消すだろう西日に橋が焼かれつつあり

真夜中の将棋盤のよう　手さぐりで通り抜けた大きな喫茶店

顔から小さな顔をめくる　坂道をずっとのぼっている昼の月

ほそい手足のけむりのような女の子あんなに高く荷物を抱いて

みじかくてさびしい映画だったけど本当のバスに人が乗ってた

かなしそうには見えないけれどもみじ葉をうつす鏡の埃まみれ

電車の中にある灰皿とその中のくすぶる吸殻だけの思い出

すごろく裏返しだったと気づくような光、突然出口がわからなくなって

その家が砂利道と猫をしたがえて放送終了後の音楽集

偶然はあれから善悪をおぼえた

わたしは誰を思い出せばいいんだろう星を率いてくるスクーター

渦巻きは一つ一つが薔薇なのに吸い込まれるのはいちどだけ

電流で話してきなよ　宝石には膝の痺れが書き込まれてる

閉店もちいさな竜の頭から告げられてからすることだった

車に乗って、ひた走るのに夕景の塗り忘れみたいなひとすじを

尾根道を深めていくといつもより散らばる縫い針が光る数

夜がかえってくる　割れた窓ガラス抱きしめ、空気の味がする

質問にいちいち紫蘇の香をつけて忘れられなくしたいのかしら

くびすじに蝶がとまっているのかと刺青を捕まえにきてしまう

暴れたりしないと夏の光だとたぶん気づいてもらえなくない？

瓶の中でかかってて胸しめつけるシロップ漬けのカセットテープ

フィッシュボーン？　きみが世界に甘えたい気持ちがとぎれた先の白さ

鍵を使ってここまで来たというのなら鍵穴にすべて見られただろう

熱帯のマンションに猿と飼い主を住まわせて何度も恋をする

ビートルズの蠟人形と歓談を望むならきみも蠟人形に

ああ玉虫色のタクシーすぐ停まるくせに乗り方がわからない

汗になって顔が落ちても点線で書かれて生きるのがうまいんだ

たぶんそこから一番近い晩秋へ逃がしてあげる回転木馬

ワンルームいっぱいに月の裏側を暗すぎるかな敷きつめるのは

だけど大きな犬に見られていたせいで続かなくなった人形劇

窓をみせる穴

水を飲むのは投函だから物音をおぼえきれないほど聞き取った

蟬のいない季節はまるで早送り軽トラが大橋を南へ

バンドから白いセーター着た人が抜けて日本の夜のろうそく

寒々と海のパズルをひろげてはおまえが余らせるユリカモメ

ガム嚙めば歯で光るもの感じるほど好きな自分が駒を進める

あの夏は右も左も死の匂う公団住宅なのがよかった

水蜜桃のソングブック　なら今はたわむれに閉じる髪を挟んで

どの人生もＣＭだろう空蟬の背に吸われゆく小さなジングル

あかるさが傷つけてくる夜の奥をゴルフ練習場は奪って

百年の思い出になる戦争をするためにモンブランとハイボール

女の子なら軽い乗り物で会いにくる　男の子なら髪にポピーを

缶コーヒーなんか自分を駄目にする旅の仕上げに覗く穴だね

謝りながら渦のほどけていくシャツに遅れて竹馬は現れる

車の屋根を歩いて海へ出るような世界の果ての秋の渋滞

はみだしたピンクの棘を友達に見せつけながら笑いころげて

どちらも蜘蛛の巣の瞳

電話の中でそう呼び合った宝石の芯の遠さにたじろぐばかり

冒険に着ていく服が闇夜には燃やしたように思い出せない

よく笑う世界が窓にひろがって遺作になった京都タワー

大きな鳥は飛ばされた洗濯物の影　小さな鳥は夜の飛行機

天国の島の床屋の鏡には過去からずっと映っていたよ

遊ぼうミス日陰者　すり切れかけたワンピースから初夏が始まる

きみはただオリンピックの喝采を口真似したり曲げるヘアピン

ああ海と足がぶつかる衝撃も入り組んだ路地の選挙ポスター

複製のリズ・テイラーのスタジオで気をやればきみも淡い雨染み

数々の二〇〇〇年代の夜明けから滑車の軋む音をあつめた

きみが交互に左右の瞼閉じるたびジャスミンは燃え上がり凍り付く

スローモーションの歌会始スローモーションの芍薬スローモーションの都井睦雄

あの頃は裏から光る看板のようにブログに嘘を書いたよ

紅茶のならぶ写真にきみのどちらかの乳首と窓のノウゼンカズラ

春から夏　手押し車の木のアヒル　白線に光る今朝の雨は

花瓶からきこえてくる朗読

ボールペンで空と海あおく塗りつぶすだけの日曜日への絵はがき

動物が踊っているのは寂しいから苦情を入れた小さな電話で

ラジオみたいな素顔が帽子とばされて突風にああ渋滞情報

アパートになって帰りを待っている荒野がドアを半分開けて

ほんとうは猫が貰ったものだけど代わりにしてる瑪瑙の指輪

どんな季節も舗道に撒いた水よりもかがやくものは鏡しかない

冷蔵庫がきっかけで冬になるなんて頭の中へ歩いていけそう

江ノ島の崖におまえがセーターをめくって胸の文字見せつける

風があり窓から木々の傾きがわかるとき甦る夢の井戸

たぶん今でもうわさの中で立ち止まる大きな獅子舞を見送って

学園への執着

新しい十円玉に似たひかり場数の中で手をふれてゆく

予防接種の列を乱して秋風が迷い込ませたあのルリシジミ

迫力があって誰かのためになる花を植えなよ夜汽車の蔭へ

聞こえたり聞こえなかったりしたあとで音楽はきみを嫌悪している

金持ちは皆殺しと心にきめたとき赦されるべき金持ちのリスト

ぬいぐるみ自撮りアイコン大量凍結　新目白通りの事故車両

骨のように古くて寒いバス停は朝凪から盗めるものじゃない

深く挿すイヤフォンが連呼する卑語にその日の浜木綿を見たようだ

模様があったすごくうれしい畳まれた雨傘をおまえにさしてやる

坂道のすばしっこくて目の眩むすみれよもう一度咲くつもり

みじかい息を煙草でしてる天井が蒼空だから見ていてほしい

学園を四つ数えて夜景からひとつ減らすのも力技

中で小鳥があばれてるその果物をあなたが簡単につぶせること

メーターの針はくすぐるだけなのに血を流すなんてみんなの馬鹿

その緑地

すがたなく鼻血を窓の満月にこすりつけ誕生日おめでとう

なにひとつ田舎の井戸に似ていない時間が訪れて遊びめく

雨に乱れた髪からきみが見上げれば西国分寺駅は虹をくぐる

もちきりの話題は庭のテーブルで知らないおんながしてた逆立ち

あなたには全部棄てろといいながら棄てなくていいから韮の花

冷蔵庫を心の力で閉めるのがわたしの夢でありその緑地

わたあめにならずに風に奪われた　鳥のすべてに意味をもとめた

まっすぐに亀裂のほうへ歩み出す青梅街道だけの数年

勝ち負けの話にきっとなるだろう鏡を吐く息でくもらせる

命が私にしたように手荷物で坂をくだる鳥居をいくつもくぐり

同じ飴舐めて小さくなっていく月日が列挙する惑星よ

巻き戻すテープの中の子供らを見てると貝殻にいるようだ

カナリアの何が駄目なの　カナリアをペンキで描いた古書店の壁

だけど真昼に黒い川いくつも渡るなつかしさ気はたしかだろうか

ヒルトップホスピタルやさしく曇天はおまえの足で歩いてくれる

目の中の西東京はあかるくて駐輪コーナーに吹きだまる紙

月が出てショッピングモールへ警察の話では行くべきじゃなかった

窓越しに星の交際盗み聞くパジャマの胸をはしる縦縞

若者が巻き付けられて点される電飾のコードは土中より

飛行機がきみのゆびさす光点にかさなる　名前をおぼえたように

カメラは光ることをやめて触った

小さいシャツに大きなバッジ　まぎれたりしないと誓うその曇天に

アパートが近いだけでもおまえのこと兄だと思うくるっているから

たんじゅんに白いパンからはみだしたパセリあかるくなってゆくのに

鳥類のねむる音する帯紙を破ればしずまりかえる文庫本

買ってあげるとゆびさす星は大きくて住むにはきっと勇気がいるよ

くりかえし眼鏡を割ってとりもどす夏のかみなり雲の発達

花は五月に匂いは九月に割り振られその中間を住むなやましく

秋が済んだら押すボタン　ポケットの中で押しっぱなしの静かな神社

さっき見た犬のポスターおかしくてもう一度見てみたい見つからない

日々人といなさいラジカセに込めたまま棄てられる晩年ヒット曲集

サマーグリーン

あの島でうずまく白い貝殻を一度だけアドレスにしたこと

鍵穴は自分の夏の友達が友達に脱がされる靴下

現実のバケーションでは眉毛にはコインを落とす穴があったね

休憩所と書いてある白い建物に近づくと雑草が深くなる

宇宙、頭痛、空中ぼやっと散歩する風船の顔みんな見てるよ

オールナイト上映会の暗がりで膝裏が匂いたつ花びら

黒い蝶は遠くから来て中止になった花火大会の空になる

とても意地悪だった子供が金と銀の星にさんざん頭を撃たれ

それからも蟬の小さな抜け殻がかがやく林、西から東

駅前のポストが熱帯夜の中を歩いてたどり着くには遠い

晩秋に地元の駅で割れていたマグカップには勇気の絵柄

おやすみの甘い音楽にピアノごと閉じ込められて弾いてるみたい

星に見えない何か

相談よ胸にあつめて花よりもうれしいものは手袋だから

この中で一番雨の図書館があかるい夕暮れに好きだった

雲とアニメが誓いと祈りを投げあって会話になってなくて眩しい

きみひとりはしたなく坐らせたままでテーブルを北へずらしていくね

切手の中の町だから建物も路も四角いくせにバスが来ないの

ショッピングモールを宵闇に浮かべつつ雪国の国道でいてほしい

風上を知ろうとせずにめちゃくちゃにされてる髪のうれしげなこと

空間に真っ赤に溶けたレコードが全財産なのに起業するのか

小さくて電話じゃないと思ったときみの笑っているキリギリス

窓に恋愛を掲げて眠るあなたには踊り子を焼き払うレヴューを

消えうせるとは前髪を長くして一瞬で見えなくなるんだよ

飛ぶ石がぎらっと川をわたるのもすれすれの恋だね昼休み

二階から呼ぶ声がする友だちが読み終えた本を落としてくれる

まばたきの瞬間生まれ消えてった花形職業のうずまくリボン

肩に乗る小さい猫が夜中でもないのに真っ暗な尾を立てる

昔見た製氷皿は曇り日の蛇口の水音がしていたね

人間のシルエットには花柄がふさわしいのに冬の繁華街

きみの徒党に夜霧の甲州街道が爪跡になるまで寄り添った

いなくなってしまった猫がいるかぎり線路沿いの柵の時計草

ずっと頭の上を綿雲がついてくるラジオにはＣＭがあるように

猛獣

銀行が花のうしろで閉店や開店　みすみす四季に溺れて

ろくでなしのすがるカラフルな浮き輪が流されていく沖の快晴

未来には人がいないと信じてる日本にきみとしけこむだろう

からだより小さな壁に囲まれて唄えばいいの雲雀みたいに

手のひらが花のつもりできみに咲く地面と同じ色のテーブル

炎くらいはまあまあ寂しい満月に任せるほどの貨物列車は

実験のことだよ過去の図書館を雨に変え太い眉を濡らす

手ぶれした城の写真に意味もなく走り出したい善男善女

外国の蝶は見た目が声楽で土曜日であしたは曇るだろう

庭にこぼしたミルクをのばす鏡より大きな雲は映らないから

建物のあいだを濡れた優勝旗みたいな蜘蛛の巣の通せんぼ

ノンカロリーほどの押しつけがましさで髪に降る木漏れ日を見ないか

八月のバス停でポケットが全部うらがえり魚だとばれてる

遠足の写真は月の写真だよ　心からきらいにならないで

二十四時間かけて言葉は元の意味にもどってくるこのタイヤの軋み

巻貝の巻く方向へカーニバルの太鼓と笛のスローモーション

待っているのは水の流れる音だけど音は体を流れていった

パピリオンが曲がり角をつくっている　いいことなのかな　朝顔の蔓

猛獣のような笑顔でこたえてね圏央道の標識全部

愛はためらわない　海の小学生しろくうすぐらく切り抜いた

遊んでよ大きな駅が見えるから安心して開けられる窓

性格の悪いきれいな音で鳴る生き物のいのちは軽いから

女の子が井戸が墓標がテーブルの脚が宵待草と寝るのは

ウイスキーの重い瓶にはもう少し夏の裸をみていてほしい

古い花壇のむこうでは猫が耳を立て心配ないはずがないのにね

階段がかくれるほどの蓬だよ　この先に誰かの金字塔

長い髪のまま飛行場のまぶしさに声が出るみつかってしまった

土けむりの中を新宿西口の雑踏の中を響く民話は

ワンピースが光と雨を拭いてきたきみの踏んでいるあみだくじ

林にも思い出せない窓がある　玄関だって噂にすぎない

枝と枝がからまって咲くもうどこにも行かないってことなんだろう

立ち上がる川原の風じゃないように吹く西風に裾をまかせて

目覚めたら雨に帽子が濡れながら信号待ちだけをしていたい

カーテンがカーテンにふれよみがえる季節を午後からのピクニック

動物ってみんな狂っててうれしいね　道の行き止まりが採石場

裸は洋服へのなぐさめ苦い葉をちぎるのはやめて目に当てて

記念館のトイレはまぶしい　取り消せ　よしてくれ　顔にするのは

その雑誌の表紙は夏の十字路の信号がすべて赤の瞬間

映画はもう見ないよ人工の水草、揺れている出口もあるのか

スケート靴を履いたこと？　二十年前かな夢の中かもしれない

なりたかった鳥はそれではないけれど曇り空には跳ね飛ぶペンキ

洗剤の泡の匂いでわかったらそれもわたしのジングルでしょう

滝と宴を同じテーブルに寄せ合ってきみが忘れてゆく夜にいる

ポップアップ殺し

猛スピードで縮み続けたひとなつの電気の花を履いてかえろう

十一時それとも夜は十二時が出口になっている写真展

そんなにも夢の列車が遅いなら窓から飛び込んでしまえるね

好きな色は一番安いスポンジの中から一瞬で見つけたい

橋が川にあらわれるリズム　友達のしている恋の中の喫茶店

玄関に頭の中の靴があるほどけた紐が数字に見える

残照にぶたれた胸が晒されて灰皿も歩道も貰い泣き

つまずいたボトルが揺れた後だから、五分で夏服を消し去って

終バスの遠くの窓に見えるのはひまわりの花の裏側だろう

みなし子よ　みなし子たちが二歳から六歳まで過ごす歌の庭

神々のように不潔なウェイトレスあかるい床板に交差して

おやすみきみが生まれた家の押入れの襖にらくがきの消防車

いつだったかわたしはこんな話をした　粉々に割れたサングラス

ちょうどいい高さのテーブルとレモネード手に入るまで鏡でも見てて

あれは平成元年に西伊豆の花屋で暦を提げていた釘だろう

教養があるから豆を煮る前につるつるにしたという腋の下

飴を噛むときに小さな乗り換えをしてるんじゃないかな星の息

ストロボ・ストロンボリ

ハニートラップは星座、ハニーディップのカロリーはどんな月かな？

それぞれにあるポケットの大きさの湖みたいな違いだとか

百円玉はこのうれしさを映せない銀色の月として呼ばれた

生き死にが充実していく花柄は手もとの花瓶から読み取れる

こんな小さな踏切にまで水たまりゆっくり雪雲をすべらせて

ポケットで今もかすかにとけているきみのチョコレートを信じよう

ファミレスはカメラの中で朝焼けの窓から街の日々に溺れた

どんなことでも話せる時間がやってきて虹をしまっている鱗たち

星のようにあかるいけれど別々の店で取り分けたツナサラダ

ポスターは明け方の海になれるかな　なれないほうへ瞳が泳ぐ

玄関と冷蔵庫は鏡みたいだ　わたしは隅っこをあるくだけ

白鳥の背中に冬は太陽をあずけて公園の女子トイレ

防犯も防寒も見渡すかぎりこの朝の選択なんだから

名刺だよ　髪の毛を切って渡すと私のことに気づいてくれる

階段を膝でのぼってきたようなまだ言いかけの出来事のまま

小鳥たちは地下鉄の穴に飛び込んで轟音でさえずるのだという

温室の光の中で読むうちに神話に変わる短い手紙

さようなら二月の赤い国で見たマフラーからもよろしくって

小鳥が読む文章

中国の映画を見てるユニットバス　星座から直接行けるはず

真上の傷が　listen to the radio　それとも月が首が痛くなるほど美声で

人形でかさ増しされた人混みの紙のスマートウォッチ燃えてる

告げてね　環状線を翼だけのふくろうが通り抜けてゆく

セロファンの春画の朝凪にのまれていなくなろうとしてたのかしら

そんな日があってもいいか聞いてくる、紋章のころがる授乳室

Tシャツを脱ぐだけなのに暴れてるみたいあそこに牙があるから

キャンディーバーを思い出すとき子供たちの骨盤がまれに光ってる

だれからも尊敬されない出しかたをした金のこと渋滞のなか
撃たれるとうぐいす色になることがわかってて撃たれた可能性

想像

つぶれた空き缶に息を吹き込んで好きな世界に戻せるつもり

ロンドンのバスを知らない女たちの鏡に空想で停まらせる

仲のいい動物たちではじめたらすぐ終わる花売りの王国

ジョークグッズの大統領の顔のまま泣きだすなんて眩しすぎるね

肯定も　夜露で濡れるカーテンも　否定も　三和土に割れた花瓶も

見るからに造花の無数の朝顔が巨人の肌をのぼりつめてる

シンバルは鳴らせば恋の痛みだと思われて空き家が囲むだろう

手違いで流線形になったから湖城へと一番乗りしてしまう

ばらの絵を裏返したいってどうだろう　きみのバランスで夜を行く

おやすみ　テーブルの下で吸っていた真っ赤な煙草闇に沈めば

どこで咲くかは問わないがロールシャッハ・テストの黒い花がいいよね

デスクトップを想像してから生まれてきた子供たち　あの渦巻く涙

地の果てほど家の離れた麻酔医と内視鏡医が情死の予感

おもちゃの京葉道路に愛を告げられて本物の月が跳ねあがる

象の資料を集めていたら背後から何年も覗かれてしまった！

古着屋のいつかの晩にかかってたギターだけの曲　くりかえせ

水中を去れ、空中が受けとめる

雨の日のレシートその雨がやんでもポケットの中で握る音だよ

きみの睫毛に大集合の季節には緑のワーゲンのクラクション

貸しボート屋の足もとのラジオから死なないように笑わせる森

行き先を知らないバスがカレンダーの三月で扉を開けている

友達がね、ギンガムチェックのトンネルを身に纏う旅の始まり

海原は瞼に借りがあるらしく眩しさもきみの当番だから

話を弾ませているのは春の雨に揺れる真っ黒な電線

ほんとうはあなたが蹴るとうれしくてたんぽぽは大空にひろがる

くちびるとその電球の温度差を見渡すかぎりひとつの星座

外側が模様になって逡巡をあらわすなんてひどい家具だよ

空中に電話があれば、カモミール、救われることだってあるでしょう

同じ時計のはずなのにもう十二時を過ぎてる馬のTシャツを着て

外にある階段のぼるとき太陽とすれ違い何度も振り返る

断面のくだものは顔に見えるから話しかけてよ昔みたいに

霧の中バックし続けるトラックの荷台にびしょぬれの馬の檻

鳥たちに囲まれてうろたえる季節きみの胸にも迫ってきた

今すぐに桜の駅へ駆けつけて、あのコーラスに加わらなくては

服を着ることがそれから蜂蜜のようにあなたは二度となくなる

夜の二十四時間

星々に悲しいときは追いかけたトラックがそろそろ着く頃だ

読みながらつるっと落とす絵葉書のもみじの色を道が囲んだ

あの人が流木と寝て流星によこぎられてる　夜空から見れば

行き止まりはたくさんあったほうがいい風が変わると香る梔子

きみが絵筆のように咥えた煙草から飛び出す台無しの道徳譚

いちじくが夢見るシーン　あかるさが回送のタクシーみたいだ

きみを怖がる動物がいなくなってから生まれてくればよかったのに

まだ一年経ってないのに春なんて靴下でベランダに立つみたい

北限の話題になれば青空がそこだけ黒猫の尾を揺らす

目が光る着ぐるみを着て踊ったらみんなの思い出に残るかな

うしろをゆく眠り込んでる人たちの夢の神輿から落ち葉降る

むりをして紫のビデオテープを野原にかける　道の映像

雪国の五月のホームセンターも祝福したい徒手空拳で

そこへ行くまで踏切三つ越えるから三年前に焼けたアパート

トマト缶の手にふれてきたラベルにはトマトのよく熟れるあの季節

足の指ぎゅっと固めて川べりの季節外れの広場を思う

砂浜を掘って模様を見つけたと模様の中で語るインタビュー

巻貝の絵をバス停に真夜中に書いてしまって落ち着かないよ

濡れている長袖は赤いね、夢の中でサラダバーに二年いた

思い出のボーリングピンのいい音を称えそこねた文字の空白

飴玉がとけるという通信

1．（イチゴ）ジャム（ミルク）セッション

ああ人に見せられる行き先にしちゃった　ほんとにそこに行くんだろうか

くちなしの昼を通ってきたはずがポケットも中指も血まみれ

アメリカ人のあだ名のような看板の文字が一瞬照らしただけ

白地図で芒をかるく包んだら準備はできているさすらいの

海の底のピンボールマシンに迷い込みいかれた泣き言をくりかえす

小さな車の中で花火を見ていたら小さな盛り場にさしかかる

くすりゆびになるまで椅子の脚だったそんなの本当に決まってる

そこから月の遊園地へつづく足跡は夜明けには遭難の詩になるの

畳まれて地図だと人は思い込む　猫が倒した紅茶の染みも

2. 逆算

一度きり十年前に見ただけの裸が楡の影にはためく

仮面の顔を書いてたときに飛来した多くの夏の虫のフレーズ

二階にも人がいるから暁天が焼かれても死ぬのはきみじゃない

半分に割って袋に戻されるうぐいすパンのかるさに目ざめる

薄情なかたちばかりの音楽が壁紙のようにぼくらにはある

スケルトンの車はエンジンが子鹿だとばれてる、血を吐いてはしれ

ヒット曲の最初の数秒で踏まれてる小さな丸い花の匂いだ

目の中にまだライオンの迷い込む道があるのに怖くないのね

いい神社だったときみが云うたびに結局何が聞こえないいんだろう

こんなところに大げさな詩句のエンボスが恥ずかしそうに左右の瞼

全身が別れの旗であるような海風が来て任される日々

ゴム製の手足の曲がるぼくたちがあったら素敵泣いてしまおう

工事中の道迂回する自転車をどこかで巻き込んだ万華鏡

とれたての夏みかんかもしれないよ電話がひとつしかない世界

顔でも胸でも針飛びするたび手首でも吠えながら犬が現れた

涙にも付けボクロにも答えから逆算された両親がいる

すこしずつ詰めて座ろう罪のあるもの罪のある話が聞きたい

なまえペンで頬に書くキズとちゅうから日なたに墓をつくりはじめた

眼鏡がないと思想という字を黒猫とみまちがうことも忘れない

ありきたりの獣でいいから屋根づたいを私と逃げてくれるのなら

3．散歩のたてる音

そのサイトはもうどこからも見えないし握り潰してしまった揚羽

主観に愛着があってエンジンのない車に乗り込んでも楽しくなれる

場所があるだけの静かな雷鳴のスタジアムへと春が行くかな

サーカスのテントがならぶ日曜日の散歩のたてる音を聞いたよ

若者に三階建てのビルを貸し二階が雲で一階が雨

回想が始まるバスの最後部座席に真昼も星座は流れ

きっかけは夜のどこかでつまずいた棒切れに持ち主がいたこと

あぶくみたいな長い音楽の数々につのるのは鍵屋までの勾配

高い窓がみんな葉桜を映してたこれからは衰退のグランプリ

紋章のフードコートに来てしまって黒目がち巣穴を思わせる

ボクサーの眉毛と眉毛羊飼いに往復されている御用心

あっ暁鳥の記録した秋のアパートが４号室から額縁になる

夏みたいあなたに過去の戦争を預けたり俄雨を浴びたり

4．パーティー動物

まったく光と影は笑える　その家は斜めに住めば確率だろう

水鉄砲静かに向ける　あなたには飛び出しそうな魚がいるね

蜜蜂と電池をまちがえて刺された　けれどラジオは歌ってくれた

夏の緑は皮膚の下からかき集めみんなの痛そうな顔　アロハシャツ

貧乏な友達だけが居残った窓のあかるい月夜だったよ

ドレスに熱い泥を浴びせる瞬間が好きならパーティーを開くんだ

正面から見れば泣き顔の私鉄で何年も仕事に通ってた

脱げそうな靴のかかとに潮騒が来ていることも悪くはないわ

辛辣な逃げ道が恰好いいバスを渋滞させきれいなクラクション

よくないね町に手摺りと手鏡を見出すごとに消える残り香

ミスを指摘したいできるだけ霧雨を思わせる声で降り出して

つながった道は逆から辿られる夏草がなびいてきれいだな

電話が鳴るのは本を閉じたも同じこときみは瞼と爪を塗ってる

遊びつかれてバスタブに映る思いきり耳をひっぱれば別の顔

夜の底を這って迷路になろうとしてる大きな刺青に包まれるいつか

爆発があったってみんな云うけれど塗りつぶされた看板ばかりだ

道々にざくろ咲くならふところにあかるくバドワイザーの空き瓶

きみたちが言葉で船長だった頃こうして沖はまばたいていた

花びらで顔をつくって逃げてった男の子南風に追われて

夜空ではなくて無数のドアノブが光っていたと知ることになる

黙って箱の隅にでも肩を抱えてる友よ、アスパルテームの歓待

ビター・キャンディ・オークション

かなへびは夜空を星がすべるのもわかってて何度も草に消える

買い物に心の底から行くときの買い物かごの穴の歓喜よ

品川で心と旅をうらがえす瞬間がこの空白なのだ

三年も住んだ町にてスカートが水たまりに落とす水玉模様

たぶんあなたの真珠は大きくてにせもの　見えないように夜に降る雨

テーブルをさかさに置けば見てごらんあれは昆虫の真似られた死よ

箪笥で迷路になってる部屋に夕日までさしこんでこれは戦後じゃないか

街路樹の描いてあるだけのお面をそうだね誰にでも似合うよね

好きな電車に飛び乗って黙っていたい大きすぎない鯛焼きを手に

ベランダははみ出していて青空の投げるものしばしば受けとる

川と海がもうじきつながる顔をして待つことは膝までの草むら

チョコレートはとけるとき悲鳴あげるから警察にだってとどけていい

割れててもじっとかたちを保ってる花瓶のような国の可憐さ

頬をつらぬく星の光が飴となりきみがこれから舐める月日よ

「人を呼びますよ」と壁の雨染みを押すふりをする　押したら終りだ

愛唱性

鈴が鳴る乗り物は坂にふさわしい　今　愛唱性にたどりつく

夕暮れの先頭打者のデッドボール　サイドメニューのココットオムレツ

ピストルはいい眺めなら撃たないがひばりが最高の声を出す

永遠の一枚だけの書き置きを回し読みする四季の子供が

世界一高いところにある花屋　それは嘘だけど　流星雨

物陰でひらいた蝶に誕生日のメッセージがかるく書かれてた

口に触らないでといえば風の輪がポストカードラックをくぐる

駅は　もう少し赤い電車のなぜか速度を落とさない　駅は

コップが割れるときの自分をもう一度想像して髪をのばして

天井のよくうごく影　二年前書きかけた文章にふれてくる

夏の夜の夢の自動車学校でヒッチハイクを見様見真似で

きれぎれのパノラマからは恋愛の機微が読みとれる服が鳴る

おまえの瞳を通って山の図書館にかえしにいった藤枝静男

ランナーが顔で東京を書き換える　蛇崩川緑道の金星

名曲は真昼に曲がり角を見つめ深呼吸のように澄みわたる

帰ろうと思うと旅は明るすぎ太平洋のつづく窓はね

黒い紙、どこに貼ろうか？　という口のかたちが夜の初めにあった

足の踏み場、象の墓場

きみが照らされる野草

スピードを百まで上げてねむるのよ世話する光とされる光

きみがまぶたに翳らせている遊星の大西洋に似た島々よ

バスタブの色おしえあう電話口できみは水からシャツをひろった

ラブホテルのＬＯＶＥは森永ＬＯＶＥのラブ　愛してもらえるまで右手出す

目に泡をつけてわたしがけものだといったら星はけものなんだ
あの青い高層ビルの天井の数をかぞえてきたらさわって
ひどい目に遭わせに来たというときの夜空なの？　シャワーをまぶしがる
言うとおりにしたのに動物もポルシェも来ないね明けない夜はないね
ふさわしい蛇が這うまでこの廊下はぼくらの道にならないみたい

深夜スーパーの荒廃したレジの光　おぼえてることはあたらしいこと

椅子だけをかさねた城跡よ　涙はいちばんちかくの星に落ちる

六階の喫茶室には窓がある　花火で地球がかざられてゆく

夜の孫　夜の携帯灰皿をさかさまに振るこれがその冬

朝までの最長距離を美しく報告しあう事実をまじえ

みごとな田舎の宝石だよ　ぼくたちから月や家が丸見えできみがおしっこしてる

こうなってみると世界はシャツの色ちがいに奇麗なドアがつづくね

でたらめなルールで騒いだチェスのあと主人公が死ぬＡＶを見る

てっぺんが星屑になってる組織とか顔に小径のある阿修羅とか

ひとりでは蛇口に蒲公英つめこんで終らせた気でいたんだろうね

テレビの中の驚く顔の中の歯がいいえわたしたちには多すぎる

雨雲をうつしつづける手鏡はきみが受けとるまで濡れていく

牙に似た植物を胸にしげらせて眠るとわかっていて待つ時報

貝殻と空き家

練習よ小さな町を南から終わらせていくバーゲンセール

橋脚にふれながらゆくこの一年に貝殻と空き家をかぞえあげ

秋冬を銀河かかえていた家のないはずのはすかいの煮豆屋

手がとどくあんなにこわい星にさえ　右目が見たいものは左目

叫ぶために息をしている人たちの中にいて　星は死者のお面

犬に名前がつくまで声を歩いてきて　次々とくちびる、それを呼ぶ

きみは信号よりも黄色い　ほんとうさ　夏の日のラジオが庭に誓う

終バスに全部忘れてきたようなかばんの軽さのみをいたわる

人生にたくさん石がちらばった駐車場あるだけ信じようね

あんないた子供たちが一人になって河のほとりを歩いてるきみは
何も用がない朝陽にかがやいている正義が好きくちぶえを吹いてる
あの人は右と左を糊しろで繋げたようで声が好きだわ
高いところから飴玉をわたすのも変わりやすい今日の天気よ
ひこうきは頭の上が好きだから飛ばせてあげる食事のさなかに

だからわたしは小さな虫をねむらせる葉っぱをゆらす雨のひとつぶ
鳥たちは夜は時計の裏にある鳥の模様に　しあわせだった
モデルルームの窓の光があればいい国道とおまえにわかるほど
みかんに爪たてるとき甘嚙みのけものじみた目よ　喧嘩はよしなよ
花に花かさねてしまう抽斗を覗き込むとき別れの顔を

手袋とお面でできた少年を好きになってもしらないからね

服に絵を描くんじゃなくて絵に服を描くんだっけ？　朝が身じろぐ

窓を叱れ

中里さんの塗り替えてくれたアパートに百年住むこの夕暮れから

この話のつづきは箱の中で（いま、開けたばかりできれいなので）

思いましょう　世界は果てが滝なのに減らないくらい海に降る雨

歩いてもどこにも出ない道を来たぼくと握手をしてくれるかい

眉を順路のようにならべて三分間写真のように生まれ変わるよ

鰐というリングネームの女から真っ赤な屋根裏を貢がれる

バス停を並ぶものだと気づくのはいずれ人ばかりではあるまい

拾った本雨で洗ってきた人と朝までつづく旅行計画

消えてった輪ゴムのあとを自転車で追うのだ君も女の子なら

ブルーシートに「瀬戸内海」とペンで書け恋人よ　毛玉まみれの肩よ

牛乳を誰かが飲んだあとに来る　煙草をきみはねだる目をする

月光はわたしたちにとどく頃にはすりきれて泥棒になってる

忘れてた米屋がレンズの片隅でつぶれてるのを見たという旅

顔のなかに三叉路のある絵を描いた爪が墜ちても届けにいくわ

マサチューセッツ工科大学卒業後　ほんとうの自由にたどり着けるだろう
五時がこんなに明るいのならもう勇気は失くしたままでいいんじゃないか
東京タワーを映す鏡にあらわれて口紅を引きなおすくちびる
その森がすべてうれしくなるまでにわたしたちは二匹に減っておく
こどもたちは窓のかたちを浴びていて質問してくるようすがない

こうもりはいつでも影でぼくたちは悩みがないかわり早く死ぬ

けむりにも目鼻がある春の或る日のくだものかごに混ぜた地球儀

電球を抜く手つきしてシャツの中おめでとうってどこか思った

その鍵は今から四つかぞえたら夢からさめた私が開ける

全世界　というとき世界が見おろせる星にかかっている羊雲

部屋に見えるほど寒々と白旗をひろげなさいって誰に言われた？

犬がそれを尊ぶ「セックスアピールって要するにおっぱいだろ？」という目で

たくさんになって心は鳥たちの動いたあとの光が照らす

新聞が花をつつんで置いてある　よみがえるなんて久しぶり

大きなテレビの中の湖

華氏で読み目盛りから瞳をはなす　カタカナ、カタカナ、落ちている蟬

はしらない?ウルトラマンの3分が終りかけてる明滅のなか

忘れっぽいことだけ武器に生きてゆくいつか政治の話もしたいな

はだけたらそこから鳩が飛びそうな胸元に陽のあたる寂しさ

どこまでが駅前なのか徒歩でゆくふたりでたぶん住まない土地を

でしょうか雨は帽子の鍔に染みるまえにかがやく脳に模様をなして

子供たちもうすぐ初期の城跡をきみは事故車輌と見まちがう

おとこの子に相談すれば上手くいく悪が滅びるドラマみたいに

（運転を見合わせています）散らかったドレスの中に人がいるのだ

淫売のまま老婆になって客をとるたびに平和を訴えるだろう
振り子しか音をたてない　知恵熱がふたたび知恵をうばう世界で
枯れ葉にも魂があり粉々ににぎりつぶせるよろこびのこと

美談

こめかみに星座のけむる地図の隅にたずねる公園ほどの無意識

かるい考えいっぱいに溜まると音たてて濡れるものが見たくて台所へいく

野良犬に生まれ損ねた卓袱台が夕陽のようにあびるレントゲン

私に似た引越し屋がおまえを家具として搬ぶのに立派な理由がいるのか

女の子だけの海賊、　というほんの一瞬の錯覚よりもうつくしい庭

語り出すとは思えない葱を置くチェックの済んだマイクの前に

差し出した手に芽キャベツをのせられて笑われているわけを知りたい

愛しあうつもりのなさはゆるぎなく　サラダの果てをかこむぼくらが

みずたまりにしばらくうつるスピードの乗り物でする世界旅行を

からっぽの牛乳瓶で蝿が死ぬ　私に三十年が経過した

右側に瀬戸内海をくりかえしヒントのように怖れて暮らす

心臓で海老を茹でます親方　さあ親方　四股でもふみますか

百つぶの眠り薬のねむたさでバナナ・ボートが眉毛をはこぶ

憶えたことすべて忘れて想像でうろつくかもねいつか上海

蜜を吸う生き物死ねばしばらくは髪飾りとして風にふるえる

はなやいでゆくあてもなく砂利道は暇そうに雲とラジオをつなぐ

ヘッドフォンで殴りかかってきたくせに友達なのかキスしてくれ

靴ひもを自分で踏んでほどけてもそれでかすかに祭りな夜よ

国道はおまえが誰か知らぬまま歩かせている金星の下

紙ふぶきまじりの髪を拭きながら嫉妬が趣味よ、と右目をこする

愛が駅に変わるのを車内広告の裏で焦がれて待つ愛の日々

無責任にきれいになりながら雨を飲む右翼手に初秋世界を託す

ひざよりも低いところに空のある家族写真をそれぞれ失くす

完璧な野宿

客と思えばお茶を出してしまうし葉書だと思えば読んでしまう

コースターに落書きされた地図を見て街とは持ち運びやすきもの

これは好きな花の色だ手に手袋をはめたままドアの西日にふれる

港を思い出すと船が行ってしまう　出口に「またのご来園を」って笑う動物

ハンカチがあれば磨ける町がある手のとどくものに夜は更けて

横断歩道をむりにつなげて明け方の冬の地鎮祭の出口へと

かんぺきに安全な野宿死ぬことはあらゆる靴紐がほどける

きみがいつもひとりごと言うときにするまばたきに似たホームのあかり

ろうそくの火より小さな顔をしてゆらしているよ先輩として

自分にもあぜ道があるということをあなたの挨拶で思い出す
いいように鳥になってね屋上のある建物に暮らすこころに
勇気なのだ　間違い電話に歯切れよく「五分で着きます！」きみはこたえた
心でこわれたものの瓦礫の山である体をすこしずつもたれあう
わたしのであなたのじゃない十字路がジャングルジムで金色で骨

東京をおまえの記憶そっくりにつくり直してわれわれが住む
殺されるまでは宝石　しがみつき歯を立ててゆびを啜りながら
十日目の赤ん坊の胸の中のロンドン　きりのないながい橋の話よ
とりどりの瞳の色に咲き誇るポピー畑がみていた洪水
生き地獄めぐりは続く花束をバスの窓から投げるぼくらも

洋服のそれぞれ右にささってる右の車線をあけて口ぐせ

太陽は価値あるものにかがやいてポケットにきみ、コンセントあれ

スケートをしてる人たちの信号がわたしにはそう見えてる花火

さようならノートの白い部分きみが覗き込むときあおく翳った

おろかなところから綺麗な花が咲き花束になるまで生かされる

縄ばしご垂らしたヘリでさかさまにふたりはゆれる弓をかまえて

ネクタイを真っ赤に変えて立つことが盗聴のしるしであるよろこび

よろめきとして

水族館だった建物　あらそって二階をめざすけむりのように

遠目にはキッチンだけど菜の花が地平線まで咲き乱れてた

手裏剣に似た生き物が宇宙から降ってきたわけではなく夏よ

沸いたのをかくしておいた風呂に又だれかバスロマン入れたでしょう

ボールペンくわえて息をしてるのにそんなに待ち遠しいへびまつり

読みかけのトラベルミステリーにあふれてた夏の光をすれちがうバス

ガムを噛む私にガムの立場からできるのは味が薄れてゆくこと

あなたたちを味方にすると決めたからもう蜂を待つ表情じゃない

三時三十三分の腕時計はめて貸すための本それからえらぶ

パーマン何号が猿だっけ？　このゆびは何指だっけ　おしえて先輩

名古屋駅から出たことのない蚊でも倒しにいくとして、持ち物は

鏡台に引っ越し屋の軍手の輝きをおしえてすばしこい弟よ

坂ばかり　私は錆びた自転車が好きだと君に思われている

Tシャツがはためくほどの南風吹く　あればだがお金をわたす

百年で変わる言葉で書くゆえに葉書は届く盗まれもせず

指に蛾をとまらせておく気のふれたガール・フレンドに似合う紫

淡水魚らしからぬ名を取り消してあなたに捧ぐ　よろめきとして

歯に睫毛つくようなこととしてきたとごめんなさいの後でささやく

せっかくだし桃の噂もしておこう心に敷くと濡れる手紙で

アイスクリーム嫌いを直す催眠術みたいな意味のドイツ語の橋

星座全部うらがえるほど旅をして別れたまでが掛軸になる

来年もお逢いしましょう泥棒と見張りの西瓜畑の夜に

光る旅

電報です　と車の窓を叩かれて夜明けに気づくうす青い土地

にせものの貴方が（きれい）ずぶ濡れで足りないねじはバイクから摘む

逃れないあなたになったおめでとう朝までつづく廊下おめでとう

砂糖匙くわえて見てるみずうみを埋め立てるほど大きな墓を

子守唄の二番の歌詞をでたらめに歌うとき夢の出口が変わる

やや低くとどまる月に鳥肌が浮いて再入力のパスワード

アンドロメダ界隈なぜか焼け野原　絶唱にふさわしいルビをふる

くだものの皮をつないだドレスしか売らない店にあれからなった

抱いていい動物たちのリストより外されたとき野道は静か

「先生、吉田君が風船です」椅子の背中にむすばれている

三毛猫をさかさに抱いて睡たがる女の子はみんなきちがい

あの馬鹿が旅に出るならぼくたちは旅には出ない　出ないなら出る

ある県立

緑道に猫のすみつく町だけがふたりをいつもかるく無視した

個人映画と個人タクシーむすびつくひかりを未明の崖に合わせて

らくがきを消された痕が月にある　心電図ありがとう大事にする

落葉にぎりつぶす音でもないよりはましな二人の遊ぶ静寂

おおかみを走らせながらこの先はゆうべもらってきた風邪の日々

木星似の女の子と酸性雨似の男の子の旅行写真を拾う

先生と大きな墓に入りたい夜明けまで蝿に逐われながら

屋上を果てまで知ると繋いでる手にこめてくるちからうれしい

拍手のなか滝があなたの書きすぎた手紙洗ってくれるのを見た

始祖鳥柄のシャツを禁じる校則はあなたが思うほど悪くない

ペダルから浮かせた足で草を蹴る　ヒントの多いクイズがすべて

遊歩道に一周されても目ざめないわたしをみずうみと思っている

屋上が滝なす手摺りしがみつきそれなのにまばたきの音がする

地球から地球儀になるまでのどこかの私たちがぎりぎり住める星

心からたましいだけが薄れると聞いたけど風に混じるね闇は

きっと先生もそうしてるこのアパートの千階のわたしを想像して

蹴とばしたところが若いドアとなるわたしの覚悟にふさわしい北の

こんな十年見たことないし変わり果てた君に会うのもはじめてだった

人類と結婚できると信じてるあんなに花粉をとばすのだから

蝶だった？蛾だった？そこが肝心なときだってあるそれが今なの

腋の下に挿んだままで玄関を見てきたらただの風　七度二分

押し入れがつぶれて草の匂いがする　こんな時代でいいならつづく

煙る脚

アパートの着ぐるみを着た鳩がいて飛べずにいたね　流転するだけ

風邪をひいてゆくことが音楽のようにひまつぶしになるなんて今頃

もっときれいになって死ぬから体温を夢の中でもはかりつづける

テーブルが次々合わせられていくように星座をつくり直した

目を覚ますことに失敗した朝のきみがいるところは孤島だ
動物園までと動物園からの道すれちがう私の中で
頭がよすぎて学校がいらなくなって両手に食べかけの鳩サブレー
あなたには真昼の耳に死を叫ぶ栗鼠が来ていてかわいそうだわ
雨を待つ気分で騒ぐぼくたちが本当はだれもいないということ

きれいな勝手口だといって見せにくる　こんな時間にバスから降りて
ひらがなの貼り紙塀にあかるくて日付のように鳴いている蟬
星ぼしにまじって私たちは歯をくちをあけずにひからせていた
うすれれば日陰と焼け跡は同じ　それから三時間つづく喫茶店
あなたをそこに座らせておく星だけを残して片付けられた宇宙よ

たましいが荷物のように床に落ち夢のつづきを見上げているの

わたしたちの偶然の箱根旅行　つないだままの手がひろわれて

ラジカセでめった打ちそして三日後の雑司が谷に虹なにがあったの

草に顔ぶつけて眠るその春のずっとうしろをよぎるジェット機

そしてわたしは有頂天のまま角砂糖を失くしてしまうかばんの中に

ぼくたちで寝癖に指をからませて直してしまう　親鳥のよう
消えたまま襖を映す大きすぎるテレビいらない　あげる　いるなら
展望レストランが過去にただあればいい　映画音楽が低く流れて
説明は耳をふさげばハミングにきこえてる自分をゆびさして
目線からはみだしている泣きぼくろ（'82.3.10）

ロボットが錆びていてここは昨日だと思うと心に恐怖がない

皮膚

あの月の欠けた部分でこすられた野原に薄い街がひろがる
あるときは秘密があると顔に出る姉妹が送り合う果たし状
すごく眠い河口に見えてしかたない他人の手紙に割り込んで怒鳴る
猛犬が三匹　猛犬が四匹　猛犬の頭に募金箱のせる

青ざめていくあいだじゅう手拍子がキャベツ畑のほうから響く

雨でおまえの横つらを撲りあかしたい　言い訳をニュースのように聴きたい

手に負えぬ希望が春に蔓延っていてうっかりと破滅しそうだ

分けて書く苗字と名前くちびるに上下があるとされる私に

時計屋に泥棒がいる明け方の海岸道をゆれていくバス

赤い目をしてない写真一枚も　いちまいもなく　ぼくもウサギも

森へ映ろう

星であれ顔であれ近すぎるものが真昼のハンドバッグに映る

ゆくがいい紙のようなる眼光を持て余すおまえに以後指紋無し

死んだ人の心の位置に風船がとどまるせいでその中が雪

ほお骨とハチミツだけになってするスポーツ　生活がかかってる

煮えたコーヒー親指で舐めながらおまえまぐれに素晴しい晩年になる

祭りでもないのに明るい森を見てなぜか黙っていようと思う

着せたまま縫う　背中にくろい水玉がならぶ動物の検死のように

舌を出す「舌に返事を書いたの」とだらしなく冬の陽のさす墓地で

なぐられて虹のかかったファミレスのメニューおまえの好物は水

みにくい男の子が競うように命懸けであなたを助ける世界　あなたは

病院につれていってくださいと咲いているハマナスをただしく見ごろしに

うらがえすたびにあかるくなる月よ大人のハンカチが売れてゆく

住む町は時計の広さがあればいいそれくらい痩せた魂になる

そっくりな首都高が心にあり首都高の出口を出れば心がつづく

無表情の真下で舌が丸まってひかってることがきみの灯台

ぼくのほうが背がひくいのがうれしくてバッタをとばせてゆく河川敷

係累に加えてくれないか百円で雨の夜は雨のふりをするから

金星がバスを待たせている場所へみんな運命だけでたどりつく

観覧車ひとつずつ倒れ見透しが好くなってゆくある日ぼくらは

アイスコーヒーまでは黒かった　でも夜になると東急は光るのよ

午前2時に似ている

滅んでもいい動物に丸つけて投函すれば地震　今夜も

この秩序に賛成だから雨の中を白紙で掲げ歩くプラカード

レンズ雲うかべた午后をうたたねで過ごすバイクを盗まれながら

犬とならキスしてもいい年頃の第一発見者で黒い髪

手紙しか読まないくせに図書館の椅子に着せるためだけのカーディガン

砂利道で森をめざすと馬がいて馬には馬の恋人がいる

自転車をひきずる森でかなたより今うでの毛のそよぐ爆発

あの四角い職業欄にぴったりの雨染みだからこれでいいのだ

夏の井戸（それから彼と彼女にはしあわせな日はあまりなかった）

監視カメラの映像でできている宇宙に希望と書いた映るように

いつかおまえと崖に住みクイズ王になった娘の四十歳を祝いたい

あなたには正装した子供に見えるサボテンが点々と門まで

音楽は通路としては真っ暗でああからっぽの鳥かごがある

墓石を小窓のように磨く手が墓のうちなる手とさぐり合う

じゃあまたねとは云うけれどまたはない友だちをやめる途中だから

七時から先の夜には何もない　シャッターに描き続けるドアを

魂よりちいさいワゴンに乗り合わせありったけの力を捨てにゆく

ふさわしい用紙サイズが選ばれて納まるでしょう猫と奈落は

身をかくすシャツも紫煙も静電気さえもあなたといえば世田谷

青空がくらくて途にまよいそう　街　沢山の手のひらが飛ぶ

おじさんと死のうか夜明けのコンビニが廃屋になるほど買い占めて

どんな三角形にも黒猫が似合う　罪あるかぎり　罪あるかぎり

窓という窓にふるえた教室も花もあなたで見えぬ出口も

菜の花の中の二階建ての駅舎　今年の夢を何度でも見る

神社＋神社

他人のディズニーランドが夜のはまなすを飾るのが見えたすぐ来てくれ

一年を生け花のように見おろしたわたしに足音とシャツがある

鳥の群れになったつもりであるいてる夜、夜、夜とかぞえられつつ

遅かった　十二月の母をしゃぼん玉が担当してもう割れてしまった

冒険やたんぽぽにふとくるわせるその心ハンドバッグのかたち
かみの毛をうかべたような雲がありここからはずっとチャンスなんだ
雨の日のあなたは薄い　さがしてる震えていてもできる仕事を
かしこくて感謝しらずで二の腕がつめたくてそう、母親なんだ
希望には翳りを添えて（すばやくてふわふわした動物の剥製）

東京もあってないようなものだから百メートルごとに旗を振る腕
赤い帽子のいちばん似合うどくろにはなれるだろうそれだけのことをして
わたしたちまだ千人いてお互いの顔も知らずにバスを待ってる
蝶と花を浮かべただけの奴隷船あの日たしかに見うしなったのに

いらない炎を顔につけて

まず雨にうたれた　白線をこえた　おまえが投げわたす春菊は
銀色をふやして心がさわがしい去年の冬の三角帽子
うれしくてお金に花びらを混ぜれば最初にひとりになるその国で
灯はさすよ祈りのかたち残す手や疑似餌のようにうかぶ靴にも

ドアノブと信じたものがマッシュルーム　写真で舌を出すけものたち

風を新しい夏にみちびく風船がわたしならそこに書かれたかもめ

彼女は、ばね秤に浅く腰かけ針をゆらして本を読んでる

十年がこのちかさとは眼のまえがくらくなるとき声がしたのよ

ぶつかると大きな音がするほどの蝶　曇ってて真昼だからね

これくらいラジオはかるくなればいい偶然顔にみえる蜘蛛の巣

滅んでもまた人類に生まれたいだけのわたしたちのY字みち

雨の朝を列車でおよぐ　ゆびの骨ばかりを褒めて忘れてもいい

おまえのみじかい髪のあちこちささってる草が今週のヒットパレード

夏の家半分残してきたままの心がうすい枕を落ちる

とびはねる表紙のバッタうれしくてくるいそうだよあの子とあの子

耳を出す暗い動物　ふれられている以上炎と見抜いてみせる

ぼくたちが文字のかわりに文字盤にならぶ時代がきっといつかね

それだけの嘘をついてもしあわせになれなかったね橋に立つ猫

電車の中が馬鹿な息でくもっていく夜の続きと朝の手前に

この人のつむじを逆に巻き直す風として岬からふりかえる

あとがき

本書後半の「足の踏み場、象の墓場」は二〇一六年に瀬戸夏子、平岡直子両氏の企画により同人誌「率」十号誌上歌集として発表したものを再録している。二〇二二年までの歌をまとめた本編「カメラは光ることをやめて触った」とあわせて〈ふたつめの第一歌集〉というべき姿をまとったこの本の現前に立ち会っていただくべく、お二人には栞文を依頼した。

どんな歌も誰かにとっての夢の扉ではあるだろう。ドアノブを作者の署名で汚すようなまねはしていないつもりだが、扉らしく注意を引く意匠がほどこされているとはいいがたいこれらの歌群を、好きなだけ指紋でくもらせる権利を読者一人一人にゆずりわたすこと。ほとんどそれだけのために歌集という形態は存在するのだと信じることができる。歌は何もおぼえてなどいない。たった今から、あらゆるはじまりを見届けるために目をこらしている。

二〇二三年三月　　我妻俊樹

■著者略歴

我妻俊樹（あがつま・としき）

1968年神奈川県生まれ。2002年頃より短歌をはじめる。2003年から4年連続で歌葉新人賞候補。2008年、同人誌「風通し」に参加。平岡直子とネットプリント「ウマとヒマワリ」を不定期発行。2016年、同人誌「率」十号誌上歌集として「足の踏み場、象の墓場」発表。2005年に「歌舞伎」で第三回ビーケーワン怪談大賞を受賞し、怪談作家としても活動する。
著書に『奇談百物語　蠢記』、〈奇々耳草紙〉シリーズ、〈忌印恐怖譚〉シリーズ（いずれも竹書房文庫）など。その他共著に『kaze no tanbun　特別ではない一日』『同　移動図書館の子供たち』（柏書房）、『平成怪奇小説傑作集2』（創元推理文庫）、『ショートショートの宝箱』（光文社文庫）、『てのひら怪談』（ポプラ文庫）など。

歌集　カメラは光ることをやめて触った

二〇二三年三月二十九日　第一刷発行

著　者　我妻俊樹
発行者　田島安江
発行所　株式会社 書肆侃侃房（しょしかんかんぼう）
〒八一〇・〇〇四一
福岡市中央区大名二・八・十八・五〇一
TEL：〇九二・七三五・二八〇二
FAX：〇九二・七三五・二七九二
http://www.kankanbou.com　info@kankanbou.com

編　集　藤枝大
装　幀　山田和寛＋佐々木英子（nipponia）
アートワーク　山田和寛
DTP　黒木留実
印刷・製本　モリモト印刷株式会社

ISBN978-4-86385-569-4　C0092